STORI
BLODEUWEDD

I Rhodri a Catrin
S. L.

I Wyre, Alban, Nebo a Leo Mei
V. L.

Cyhoeddwyd gan Rily Publications Ltd 2021
Blwch Post 257, Caerffili CF83 9FL

www.rily.co.uk

ISBN 978-1-84967-655-7

© Testun: Siân Lewis a Rily Publications Ltd 2021
© Lluniau: Valériane Leblond 2021

Dylunio: Elgan Griffiths

Cyhoeddwyd gyda chymorth ariannol Cyngor Llyfrau Cymru

Argraffwyd ym Malta

Pwy yw pwy

STORI BLODEUWEDD

MATH
Arglwydd Gwynedd

GWYDION
y dewin

ARIANRHOD
chwaer Gwydion
a morwyn Math

LLEU LLAW GYFFES
mab Arianrhod

BLODEUWEDD
gwraig Lleu

GRONW PEBR
Arglwydd Penllyn, gelyn Lleu
a chariad Blodeuwedd

MAPIAU'R MABINOGI

PRYDAIN
(YNYS Y CEDYRN)
AC IWERDDON

YR ALBAN

Afon Llinon

IWERDDON

CYMRU

LLOEGR

Llundain •

2

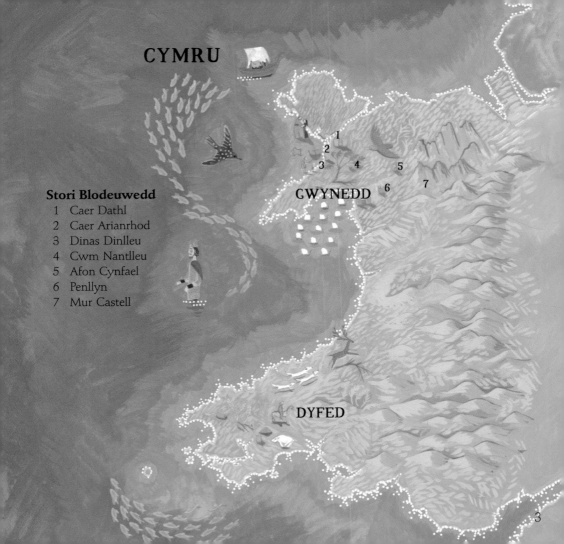

CYMRU

Stori Blodeuwedd

1 Caer Dathl
2 Caer Arianrhod
3 Dinas Dinlleu
4 Cwm Nantlleu
5 Afon Cynfael
6 Penllyn
7 Mur Castell

GWYNEDD

DYFED

ROEDD MATH FAB MATHONWY, arglwydd Gwynedd, yn chwilio am forwyn i ofalu amdano. Aeth Arianrhod, chwaer y dewin Gwydion, i'r llys yng Nghaer Dathl.

'Mi wna i forwyn dda i ti,' meddai hi.

'Wnei di?' meddai Math gan syllu i'w llygaid glas. 'Oes gen ti blant?' gofynnodd. 'Dwi ddim eisiau gwraig sy â phlant, cofia.'

'Na, does gen i ddim plant,' atebodd Arianrhod.

Doedd hynny ddim yn wir. Roedd gan Arianrhod ddau fab. Roedd un mab wedi tyfu'n ddyn, ond babi bach oedd y llall. Cyn mynd i'r llys, roedd Arianrhod wedi cuddio'r babi mewn cist o dan wely ei brawd, Gwydion.

'Mi gei di fod yn forwyn i mi, felly,' meddai Math, ac estyn ei law.

Gwenodd Arianrhod yn falch. Aeth i fyw i'r llys at Math, gan anghofio popeth am ei mab bach.

Deffrodd Gwydion y dewin yn gynnar fore drannoeth. Roedd babi'n crio o dan ei wely. Cododd y plentyn o'r gist, a gweld mai mab bach Arianrhod oedd o. Allai o ddim mynd â'r plentyn at ei fam, felly aeth i chwilio am wraig i ofalu amdano.

Cafodd y babi ofal da gan y wraig, a thyfodd yn gyflym iawn. Ar ddiwedd ei flwyddyn gyntaf, roedd yn rhedeg ac yn siarad fel plentyn dwy flwydd oed. Ar ddiwedd ei ail flwyddyn, roedd yn mynd o le i le ar ei ben ei hun. Roedd Gwydion yn dotio ar y bachgen bach, ac yn ei garu'n fwy na neb arall yn y byd.

Pan oedd y bachgen yn bedair oed, ac yn edrych mor fawr â phlentyn wyth mlwydd oed, penderfynodd Gwydion fynd ag o am dro i Gaer Arianrhod, lle roedd ei fam yn byw. Daeth Arianrhod i'w chroesawu.

'Croeso cynnes i ti, frawd,' meddai'n wên i gyd. 'A phwy ydy'r bachgen hardd sy'n dilyn wrth dy sodlau?'

'Dwyt ti ddim yn ei adnabod o?' holodd Gwydion yn syn. 'Dy fab ydy hwn.'

'Bydd dawel!' Llusgodd Arianrhod ei brawd i'r naill ochr. Edrychodd dros ei hysgwydd i wneud yn siŵr nad oedd neb

yn clywed. 'Wyt ti wedi dod yma i greu helynt i mi?' meddai'n
chwyrn.

'Dim o gwbl!' meddai Gwydion. 'Ro'n i'n meddwl y byddet
ti'n falch o weld dy fab.'

'Yn falch, wir!' wfftiodd Arianrhod. 'Beth ydy enw'r creadur?'

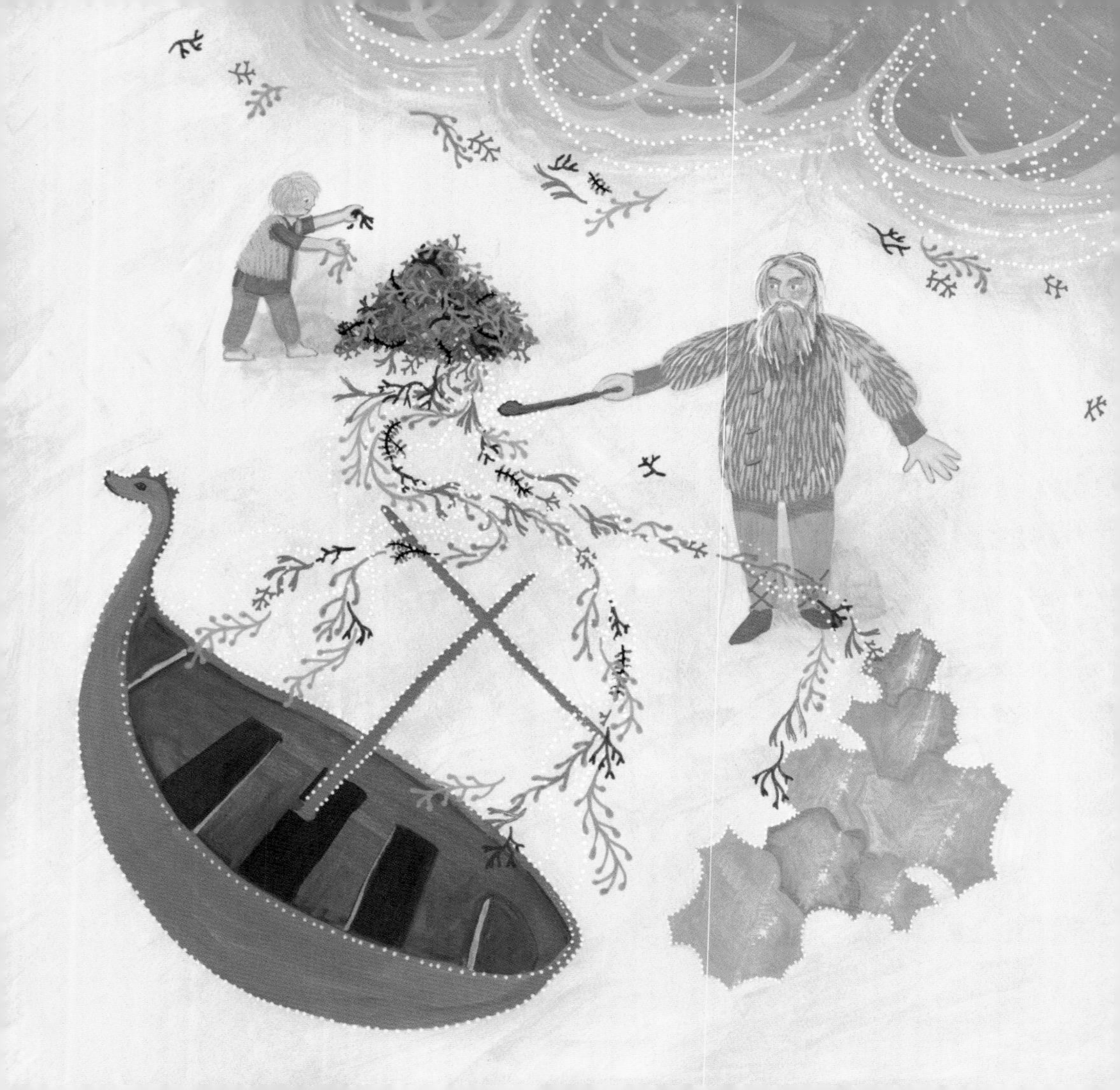

'Does ganddo ddim enw hyd yn hyn,' atebodd y dewin.

'A chaiff o byth enw!' meddai Arianrhod yn sbeitlyd. 'Yr unig berson all roi enw ar y bachgen hwn ydy ei fam, a wna i byth, byth gytuno i wneud hynny.'

Allai Gwydion ddim credu'i glustiau. 'Rwyt ti'n wraig ddrwg!' meddai, gan gerdded i ffwrdd a mynd â'r bachgen efo fo.

Roedd Gwydion yn poeni'n arw am ei nai. Heb enw, byddai pawb yn gwneud hwyl am ei ben. Ond roedd Arianrhod yn iawn – dim ond ei fam allai roi enw iddo.

'Mi wna i'n siŵr ei bod hi'n gwneud hynny hefyd,' meddai'r dewin yn benderfynol.

Drannoeth aeth Gwydion a'r bachgen at lan y môr a chasglu pentwr o wymon. Trawodd Gwydion y pentwr â'i ffon hud a throi'r gwymon yn llong. Casglodd bentwr arall a'i droi'n lledr.

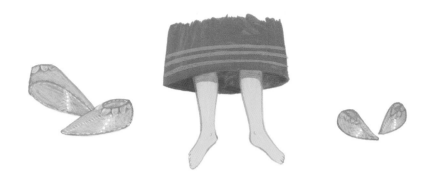

Lliwiodd Gwydion y lledr nes oedd o'n harddach nag unrhyw ledr arall yn y byd i gyd. Yna fe'i llwythodd ar y llong a hwylio gyda'r bachgen i Gaer Arianrhod. Cyn cyrraedd y gaer, bwriodd Gwydion swyn ar y ddau ohonyn nhw, a newid eu golwg yn llwyr.

O ffenest y gaer gwelodd Arianrhod y llong yn hwylio tuag ati.

'Pwy ydy'r ddau berson ar fwrdd y llong?' gofynnodd.

'Dau grydd sy'n gwneud esgidiau,' atebodd ei gweision. 'Mae eu lledr yn werth i'w weld. Mae'n disgleirio fel aur.'

'Ydy, wir!' meddai Arianrhod yn awchus. 'Mesurwch fy

nhroed ar unwaith ac ewch i ddweud wrthyn nhw am wneud pâr o esgidiau aur i mi.'

Mesurodd y gweision droed yr arglwyddes a mynd â'r mesuriadau at Gwydion. Ond yn lle dilyn y mesuriadau, fe wnaeth Gwydion bâr o esgidiau oedd yn rhy fawr o lawer.

'Dydy'r rhain ddim gwerth,' meddai Arianrhod wrth ei gweision. 'Maen nhw'n disgyn oddi ar fy nhraed. Ewch i ofyn am bâr arall, ond rhai llai y tro hwn.'

Gwnaeth Gwydion ail bâr o esgidiau. Roedd yr esgidiau hyn yn rhy fach o lawer.

Snwffiodd Arianrhod yn ddiamynedd. 'Mae'n debyg y bydd raid i mi fynd i'r llong fy hun,' meddai. 'Dwi'n benderfynol o gael pâr o esgidiau aur.'

Aeth Arianrhod i lawr i'r traeth a chamu ar y llong. Wrth i'r hen grydd fesur ei throed,

11

sylwodd Arianrhod ar fachgen penfelyn yn chwarae â phentwr o gerrig mân. Pan laniodd dryw ar yr hwylbren, ffliciodd y bachgen garreg tuag ato a'i daro ar ei goes.

'Wel, y lleu bach,' meddai Arianrhod wrtho. 'Rwyt ti'n fedrus iawn. Mae gen ti law gyffes.'

'Ha!'

Camodd Arianrhod yn ôl mewn braw. Roedd y crydd yn newid ei siâp o flaen ei llygaid, a'r bachgen penfelyn hefyd. Diflannodd y llong oddi tani a chrafodd y tywod ei thraed. Yn ei hymyl safai Gwydion, ei brawd, a'r bachgen oedd yn fab iddi.

'Ha!' meddai Gwydion eto. 'Rwyt ti wedi rhoi enw ar dy fab. Lleu Llaw Gyffes.' Gwenodd ar y bachgen. 'Y bachgen penfelyn â'r llaw fedrus. Dyna ystyr dy enw di. Lleu Llaw Gyffes. Am enw gwych!'

'Lleu Llaw Gyffes!' chwarddodd y bachgen yn falch.

Gwylltiodd Arianrhod. 'Rwyt ti wedi fy nhwyllo!' gwaeddodd yn wyneb ei brawd. 'Ond dwi am ddial ar y ddau ohonoch chi. Chaiff y bachgen hwn fyth gario arfau, os na fydda i'n eu rhoi iddo. A wna i byth, byth gytuno i wneud hynny!' Tasgodd y cerrig dan ei thraed noeth wrth iddi gerdded yn flin yn ôl i'r gaer.

*

Aeth Gwydion a Lleu yn eu blaen i Ddinas Dinlleu. Yno fe arhoson nhw a gwneud eu cartref.

Tyfodd Lleu'n fachgen ifanc hardd. Roedd yn farchog heb ei ail. Ond yn wahanol i'w ffrindiau, châi o ddim cario arfau. Roedd hynny'n ei boeni.

'Cwyd dy galon,' meddai Gwydion wrtho un diwrnod. 'Rwyt ti a fi'n mynd ar neges fory.'

Drannoeth aeth Gwydion a Lleu ar eu ceffylau nes dod i olwg Caer Arianrhod. Cyn cyrraedd y gaer, bwriodd Gwydion swyn a throi'r ddau ohonyn nhw'n ddynion ifanc. Edrychai Gwydion ychydig yn hŷn na Lleu.

Aeth y ddau at ddrws y gaer, a dywedodd Gwydion wrth y porthor, 'Dau fardd o Forgannwg ydyn ni. Dwed wrth dy feistres ein bod wedi dod yma i ganu a dweud stori wrthi.'

Pan glywodd Arianrhod y neges, roedd hi wrth ei bodd. Fe drefnodd wledd fawr yn y neuadd, ac ar ôl bwyta, gwrandawodd ar storïau Gwydion. Doedd neb tebyg i Gwydion am ddweud stori.

Y noson honno cysgodd Gwydion a Lleu yn y gaer. Yn gynnar yn y bore, cododd Gwydion a chwifio'i ffon hud. Ar unwaith ffrwydrodd sŵn dychrynllyd nes ysgwyd y muriau – sŵn cyrn yn canu, lleisiau'n gweiddi ac arfau'n clecian.

Rhedodd Arianrhod mewn dychryn i stafell y ddau fardd.

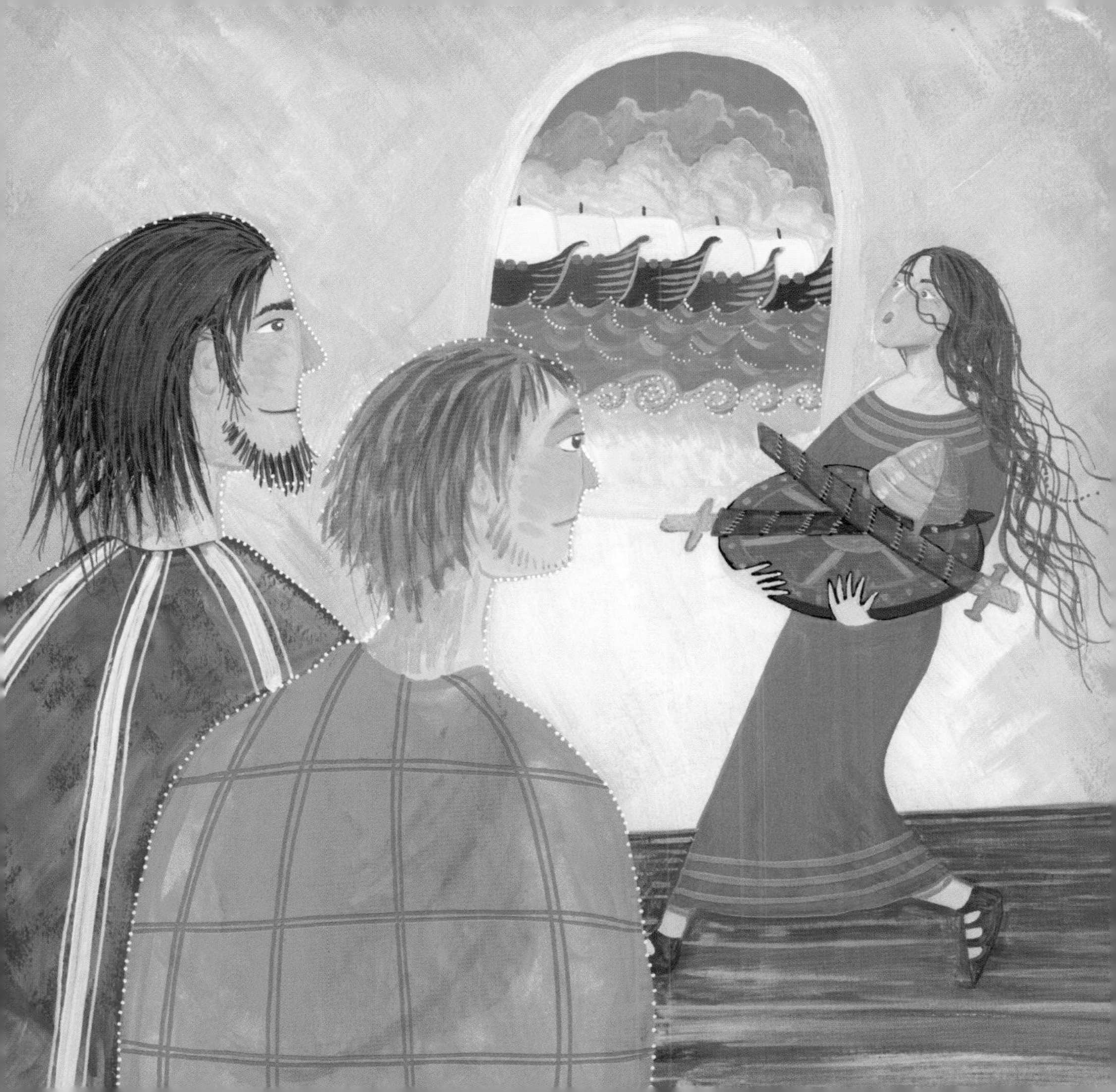

'Mae gelynion yn ymosod!' llefodd. 'Mae fflyd fawr o longau ar y môr o flaen y gaer ac maen nhw'n dod tuag aton ni. Be wnawn ni?'

Edrychodd Gwydion drwy'r ffenest a gweld rhesi o longau'n nofio ar y tonnau. 'Rhaid i ti gau drysau'r gaer, a rhaid i ni i gyd ymladd orau gallwn ni,' meddai. 'Yn anffodus does gen i a'm ffrind ddim arfau.'

'Mi gewch chi arfau gen i,' meddai Arianrhod.

Aeth Arianrhod i ffwrdd a'i gwynt yn ei dwrn. Daeth yn ôl â dwy forwyn a'u breichiau'n llawn o arfau.

'Does dim amser i'w golli,' meddai Gwydion. 'Arglwyddes, rho di'r arfau ar fy ffrind, ac mi gaiff y ddwy forwyn roi arfau arna i.'

'Iawn,' cytunodd Arianrhod, a brysio i roi'r arfau ar Lleu. Dododd helmed ar ei ben, tarian yn ei law chwith a gwthio cleddyf i'w law dde.

Cyn gynted ag y gollyngodd hi ei gafael yn y cleddyf, distawodd y twrw. Aeth Arianrhod at y ffenest. Roedd pob llong wedi diflannu, a'r môr yn dawel unwaith eto.

'I ble aeth pawb?' gofynnodd yn ddryslyd.

'Doedd neb yno,' atebodd llais cyfarwydd.

Aeth wyneb Arianrhod yn wyn gan dymer. Yn lle bardd o Forgannwg, ei brawd oedd yn gwenu arni. Yn ei ymyl safai'i mab, Lleu Llaw Gyffes, a'i arfau yn ei ddwylo.

'Mi dwylles i ti eto, Arianrhod,' meddai Gwydion.

Gwasgodd Arianrhod ei dyrnau. 'Dwi wedi rhoi arfau i'm mab,' sgyrnygodd, 'ond mi ddweda i hyn wrthot ti. Chaiff o byth wraig. Chaiff o byth briodi unrhyw ferch o unrhyw deulu ar y ddaear hon.'

Plygodd Gwydion ei ben yn drist. Y tro hwn doedd o ddim yn gwybod beth i'w wneud.

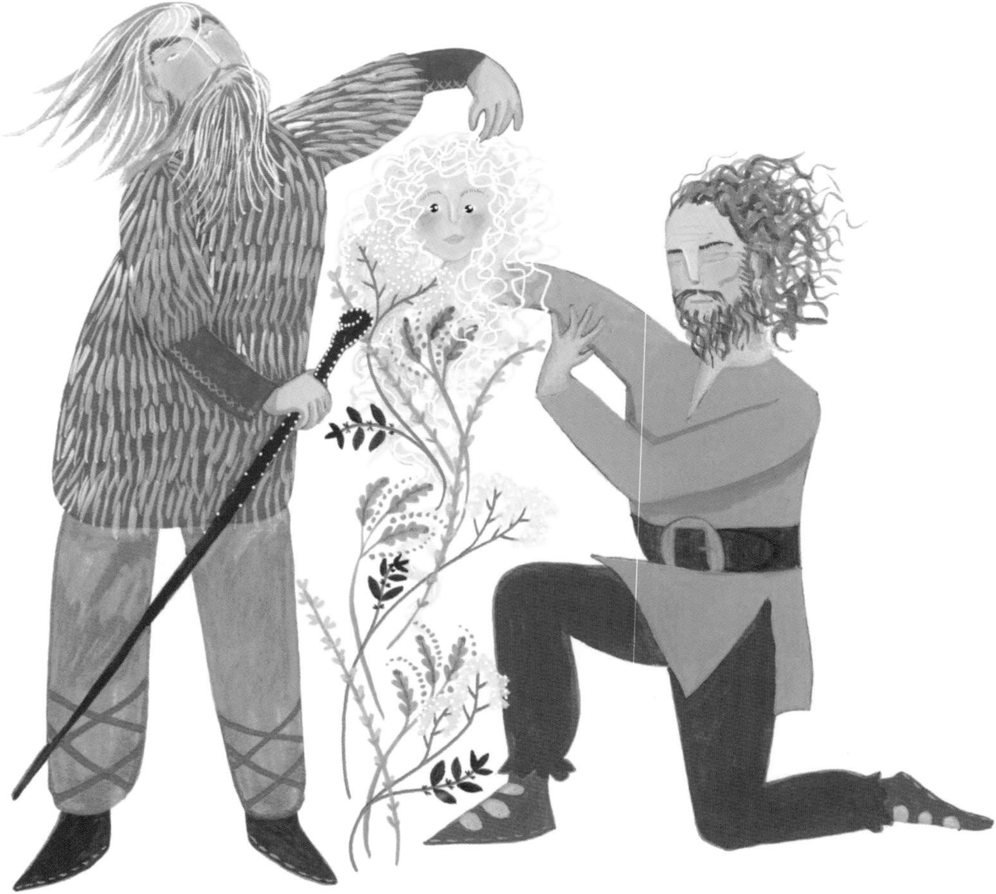

Aeth Gwydion i weld Math fab Mathonwy, a dweud yr hanes wrtho.

Ysgydwodd Math ei ben mewn siom pan glywodd am gastiau drwg ei forwyn. 'Os na all Lleu briodi unrhyw ferch o unrhyw deulu ar y ddaear hon,' meddai wrth Gwydion, 'mae'n rhaid creu gwraig iddo. Rwyt ti'n ddewin, a minnau hefyd. Beth am gasglu blodau prydferth a'u troi'n wraig i Lleu?'

Gwraig o flodau? Beth allai fod yn well?

Aeth Math a Gwydion ati i gasglu blodau derw a banadl ac erwain. Roedden nhw'n dyner ac yn dlws ac yn bêr. Chwifiodd Gwydion ei ffon hud, ac o'r blodau hyn fe ddaeth gwraig i Lleu. Roedd hi mor dlws â'r blodau, a'i henw oedd Blodeuwedd.

Syrthiodd Lleu mewn cariad â Blodeuwedd, ac ar ôl i'r ddau

briodi, fe gawson nhw dir gan Math. Lleu oedd yn rheoli'r tir hwnnw. Roedd o wrth ei fodd, ac roedd y gweithwyr yn hoff iawn o'u meistr newydd.

Ond doedd Blodeuwedd ddim mor hapus. Roedd y blodau gwyllt yn cosi yn ei gwaed, ac yn ei gwneud yn anniddig.

Un diwrnod, pan oedd Lleu wedi mynd i ffwrdd i weld Math, roedd Blodeuwedd yn sefyll yn ddiflas wrth ffenest ei llys ym Mur Castell, gan gwyno wrthi'i hun. Roedd bywyd mor undonog. Doedd Lleu byth gartre. Doedd dim byd cyffrous yn digwydd. Ac yna, ar ganol ochneidio, fe glywodd sŵn corn. Rhedodd carw blinedig heibio'r gaer, a haid o gŵn a helwyr yn ei ddilyn.

Galwodd Blodeuwedd ei gwas. 'Pwy ydy'r helwyr?' gofynnodd yn eiddgar.

'Gronw Pebr a'i ffrindiau,' atebodd y gwas. 'Gronw Pebr, Arglwydd Penllyn.'

Yn hwyr y noson honno, gwelodd Blodeuwedd Gronw Pebr yn dod yn ei ôl.

'Dos ato a'i wahodd i aros yma heno,' meddai wrth y gwas. 'Fyddai Lleu ddim yn gadael i ddyn pwysig fel yna fynd adre heb gynnig llety iddo. Dos.'

Aeth y gwas ar ei union at Gronw Pebr, a derbyniodd Gronw wahoddiad Blodeuwedd yn llawen.

'Diolch o galon i ti, arglwyddes,' meddai'r heliwr, gan wenu ar y wraig hardd a'i gwallt melyn yn llifo fel blodau'r banadl dros ei hysgwyddau.

Paratôdd Blodeuwedd wledd fawr, a thrwy'r nos bu'r ddau yn chwerthin ac yn sgwrsio. Roedd Gronw Pebr yn gwmni difyr dros ben, ac roedd Blodeuwedd wrth ei bodd. Pan geisiodd Gronw adael ben bore, dywedodd wrtho am aros.

Arhosodd Gronw am dair noson, ac ar ddiwedd y tair noson

allai Blodeuwedd ddim byw hebddo. Roedd y ddau mewn cariad dros eu pennau a'u clustiau.

Pan ddaeth Lleu adre drannoeth, roedd ei wraig yn hynod o dawel.

'Be sy'n bod?' gofynnodd.

'Rwyt ti'n mynd i ffwrdd mor aml. Dwi'n poeni y byddi di farw o 'mlaen i,' meddai Blodeuwedd, gan ochneidio.

'O, does dim peryg o hynny,' atebodd Lleu'n garedig.

'Na?' meddai Blodeuwedd.

'Na,' meddai Lleu. 'Mae'n anodd iawn fy lladd i. Yr unig beth all fy lladd yw gwaywffon newydd sbon. Ac nid gwaywffon gyffredin, chwaith. Rhaid i bwy bynnag sy'n gwneud y waywffon weithio arni bob dydd Sul am flwyddyn.'

'Ond digon posib bod 'na waywffon felly,' meddai Blodeuwedd, gan ochneidio'n uwch fyth.

Chwarddodd Lleu. 'Hyd yn oed os oes 'na un,' meddai, 'all neb fy lladd y tu mewn i dŷ, na'r tu allan. All neb fy lladd ar gefn ceffyl chwaith, a dwi'n hollol ddiogel os ydw i'n sefyll ar lawr.'

'Bobol bach!' meddai Blodeuwedd. 'Rwyt ti'n ddyn lwcus.'

'Ydw,' cytunodd Lleu'n llon. 'Dim ond un ffordd sy o'm lladd i. Rhaid gosod cafn ar lan afon â tho

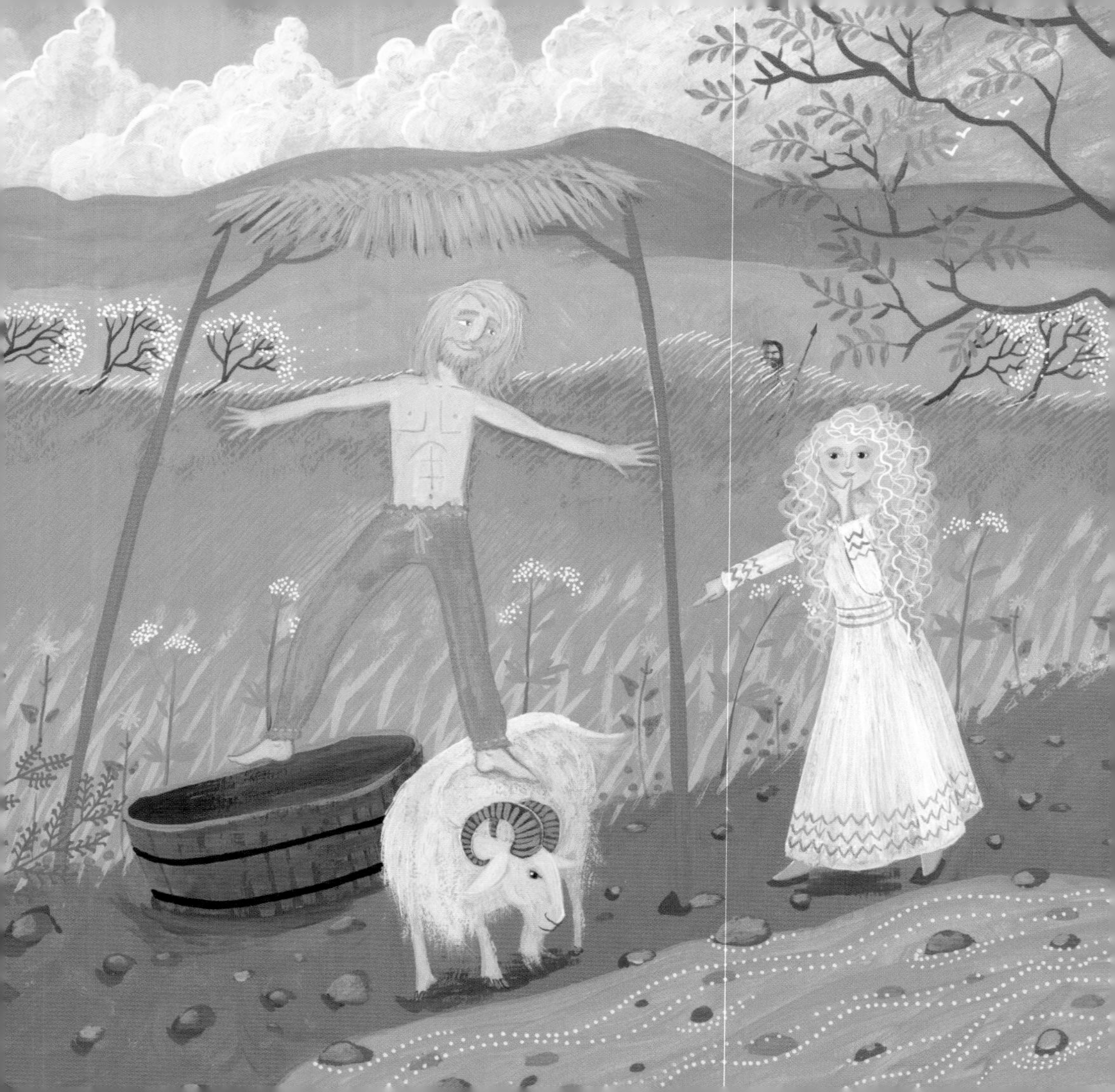

uwch ei ben, a rhoi bwch gafr i sefyll ger y cafn. Wedyn, os bydda i'n sefyll gydag un droed ar ymyl y cafn a'r llall ar gefn y bwch gafr, gall y waywffon arbennig fy lladd i.'

'Bobol bach!' meddai Blodeuwedd eto. 'Rwyt ti'n berffaith ddiogel, felly.'

Ond doedd hynny ddim yn wir. Erbyn iddi nosi roedd Blodeuwedd wedi gyrru neges at Gronw Pebr yn dweud wrtho'n union sut i ladd ei gŵr.

Torrodd Gronw gangen hir, a phob dydd Sul am flwyddyn gron bu'n brysur yn naddu'r arf fyddai'n lladd Lleu. Ar ddiwedd y flwyddyn anfonodd Gronw neges at Blodeuwedd i ddweud wrthi fod y waywffon yn barod, ac aeth i guddio ar y bryn gyferbyn.

'Lleu,' meddai Blodeuwedd y diwrnod hwnnw. 'Wyt ti'n cofio sôn wrtha i am y cafn a'r bwch gafr? Dwi'n dal yn methu deall sut byddai hynny'n gweithio. Alli di ddangos i fi?'

'Wrth gwrs,' cytunodd Lleu.

Felly aeth Blodeuwedd i lawr at afon Cynfael. Gorchmynnodd i'w gweision osod cafn ar lan yr afon a rhoi to uwch ei ben. Yna fe gasglodd y geifr o'r mynydd a rhoi un bwch gafr i sefyll yn ymyl y cafn.

Neidiodd Lleu'n sionc ar ben y cafn.

'Gwylia,' meddai wrth ei wraig. 'Dyma fi'n sefyll ag un droed ar y cafn, a rŵan dyma fi'n rhoi fy nhroed arall ar gefn yr anifail.' Estynnodd ei droed chwith at y bwch.

Ar unwaith cododd Gronw Pebr o'i guddfan, a hyrddio'r waywffon wenwynig. Wrth i droed Lleu gyffwrdd â'r bwch gafr, gwibiodd y waywffon drwy'r awyr a'i daro yn ei ganol.

Daeth sgrech ddychrynllyd o geg Lleu, yna cri aderyn. Roedd y dyn ifanc wedi troi'n eryr. Hedfanodd yn herciog o'r cafn a diflannu rhwng y coed.

Cydiodd Blodeuwedd yn llaw Gronw Pebr a'i arwain yn ôl i Fur Castell.

'Fi sy'n rheoli'r castell hwn rŵan,' meddai Gronw.

'Ie,' meddai Blodeuwedd wrth y gweision. 'Gronw Pebr sy'n rheoli.'

Roedd Gwydion yn poeni'n arw. Doedd o ddim wedi clywed gan Lleu ers tro.

'Wn i ddim ble mae o,' meddai wrth Math. 'Mae wedi diflannu.'

'Dos i chwilio amdano,' meddai Math yn daer.

Aeth Gwydion i ffwrdd. Cerddodd o un pen y wlad i'r llall
i chwilio am Lleu, ond doedd dim sôn amdano'n unman. Un

diwrnod daeth y dewin at dŷ yn Arfon, a phenderfynu cysgu'r
nos yno.

Roedd perchennog y tŷ yn cadw moch. Wrth iddi nosi daeth
hwch fawr dew i'r golwg. Cerddodd yn sionc ar draws y buarth
ac i mewn i'r twlc mochyn. Caeodd y gwas y drws ar ei hôl.

'Dyna i ti hwch ryfedd,' meddai'r perchennog wrth Gwydion.

'Mae'n mynd allan o'r twlc bob bore, a dydy hi ddim yn dod yn ôl tan y nos. Does gen i ddim syniad i ble mae hi'n mynd.'

Teimlodd Gwydion ei ffon hud yn crynu.

'Paid ag agor y twlc bore fory nes i fi godi,' meddai wrth y gwas. 'Dwi am ei dilyn.'

Yn gynnar fore drannoeth sbonciodd yr hwch yn awchus o'r twlc a cherdded bob cam i gwm Nantlleu a'r dewin wrth ei sodlau. Ar ôl cyrraedd y cwm, aeth yn syth at fôn coeden dderwen fawr, a dechrau bwyta'r darnau o gig oedd yn gorwedd ar lawr.

'O ble daeth y cig, tybed?' meddai Gwydion wrtho'i hun.

Cripiodd y dewin at y goeden a syllu i fyny drwy'r brigau. Gwelodd ddau lygad miniog yn syllu'n ôl arno. Ar gangen ucha'r dderwen safai eryr mawr. Pan ysgydwodd yr eryr ei adenydd, syrthiodd darnau o hen gig ar ben Gwydion.

Crynodd Gwydion mewn cyffro. Tybed ai Lleu oedd yr eryr?

Heb dynnu'i lygaid oddi ar yr aderyn, canodd bennill iddo:

'Derwen sy'n tyfu rhwng dau lyn,

Derwen sy'n t'wyllu awyr a glyn.

Lleu, Lleu, fe wyddon ni'n dau,

Ar ferch o flodau mae'r bai am hyn.'

Crawciodd yr eryr yn uchel, a hedfan hanner ffordd i lawr y goeden.

Canodd Gwydion ail bennill, a hedfanodd yr eryr i'r gangen isaf.

Pan ganodd Gwydion drydydd pennill, hedfanodd yr eryr i'w freichiau.

Trawodd y dewin yr aderyn â'r ffon hud, a diflannodd y plu, y big a'r crafangau. Yn ei freichiau gorweddai Lleu Llaw Gyffes, yn welw a gwan, ac mor denau â brwynen.

Dododd Gwydion Lleu ar gefn ei geffyl a mynd ag o'n syth

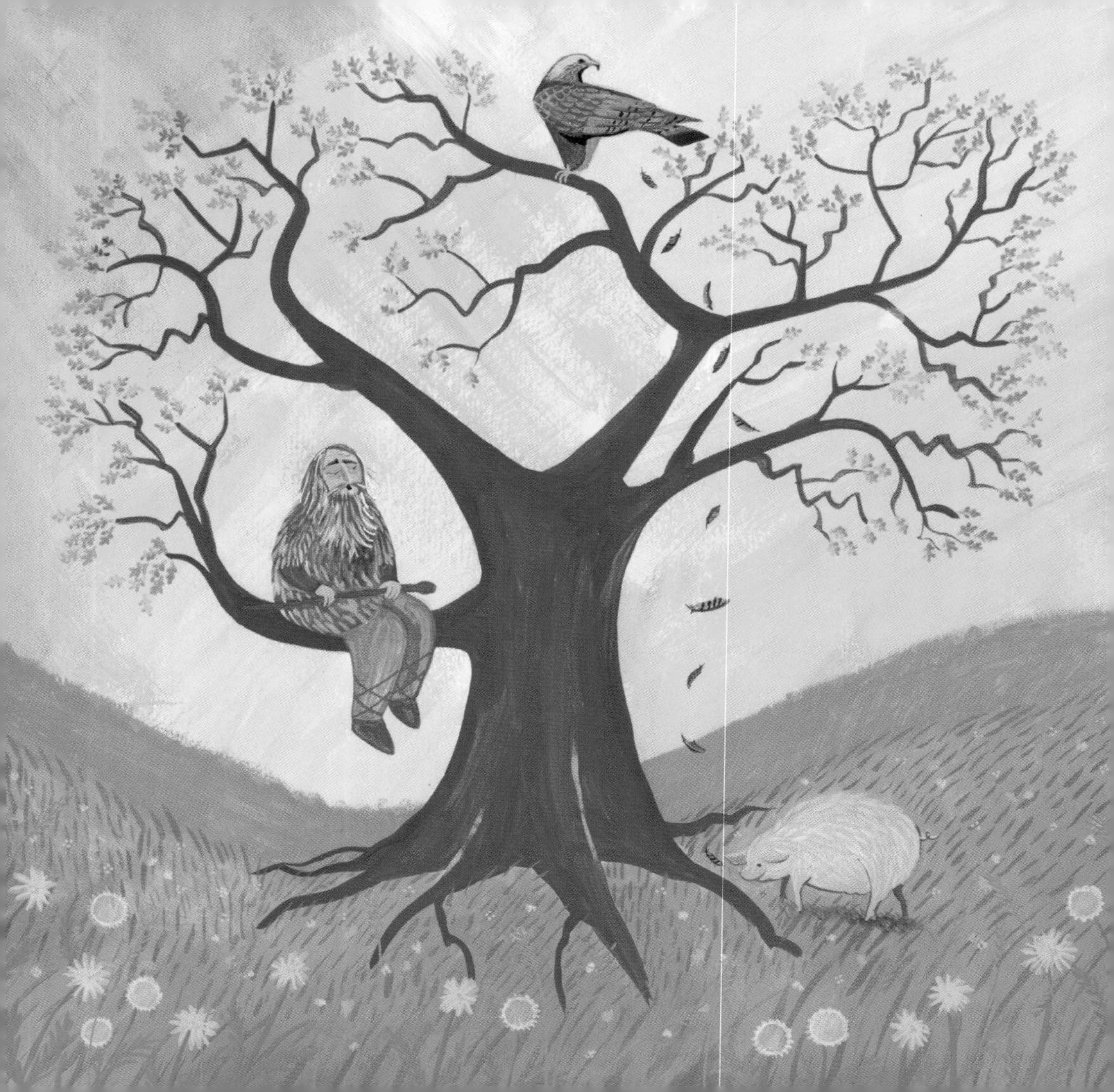

at Math fab Mathonwy yn ei lys yng Nghaer Dathl. Daeth meddygon Gwynedd i ofalu amdano, ac fe arhosodd yng Nghaer Dathl am flwyddyn gron.

Ar ddiwedd y flwyddyn roedd Lleu'n gryf ac yn iach unwaith eto.

'Daeth yr amser i mi gael fy nghastell yn ôl,' meddai wrth ei ffrindiau, 'ac i wneud i Gronw Pebr dalu.'

Casglodd Math ddynion Gwynedd ynghyd, a chyda'r dewin ar y blaen, marchogodd y milwyr ar eu hunion i Fur Castell.

Clywodd Blodeuwedd sŵn y carnau. 'Mae Lleu'n dod! Mae Lleu'n dod!' llefodd, gan ddianc o'r llys a'i morynion efo hi.

Rhedodd Blodeuwedd am ei bywyd tuag at gastell arall ar y mynydd gyferbyn. Ond waeth pa mor gyflym y rhedai, roedd y carnau'n dod yn nes. Edrychodd Blodeuwedd a'i morynion dros eu hysgwyddau. Drwy wneud hynny, methon nhw weld y llyn dwfn oedd o'u blaenau. Plymiodd y morynion dros y dibyn i'r dŵr, a boddodd pob un ond Blodeuwedd.

Daliodd Blodeuwedd ati i redeg, ond roedd anadl ceffyl ar ei gwar a chysgod y dewin yn disgyn drosti. Sgrechiodd a chuddio'i hwyneb mewn dychryn.

'Ha!' meddai Gwydion. 'Dwi ddim am dy ladd di, Blodeuwedd. Dwi am dy droi'n dylluan. Fyddi di byth yn dangos dy wyneb liw dydd. Aderyn y nos fyddi di, a bydd pob aderyn arall yn dy gasáu.' Trawodd Blodeuwedd â'i ffon hud, a chyda sgrech gwynfanllyd, cododd tylluan o'r llawr a chuddio mewn coeden gerllaw.

Dihangodd Gronw Pebr yn ôl i Benllyn. Oddi yno fe anfonodd neges at Lleu.

'Dwi wedi gwneud drwg i ti, Lleu,' meddai. 'I wneud iawn am hynny beth alla i roi i ti? Tir? Aur? Arian?'

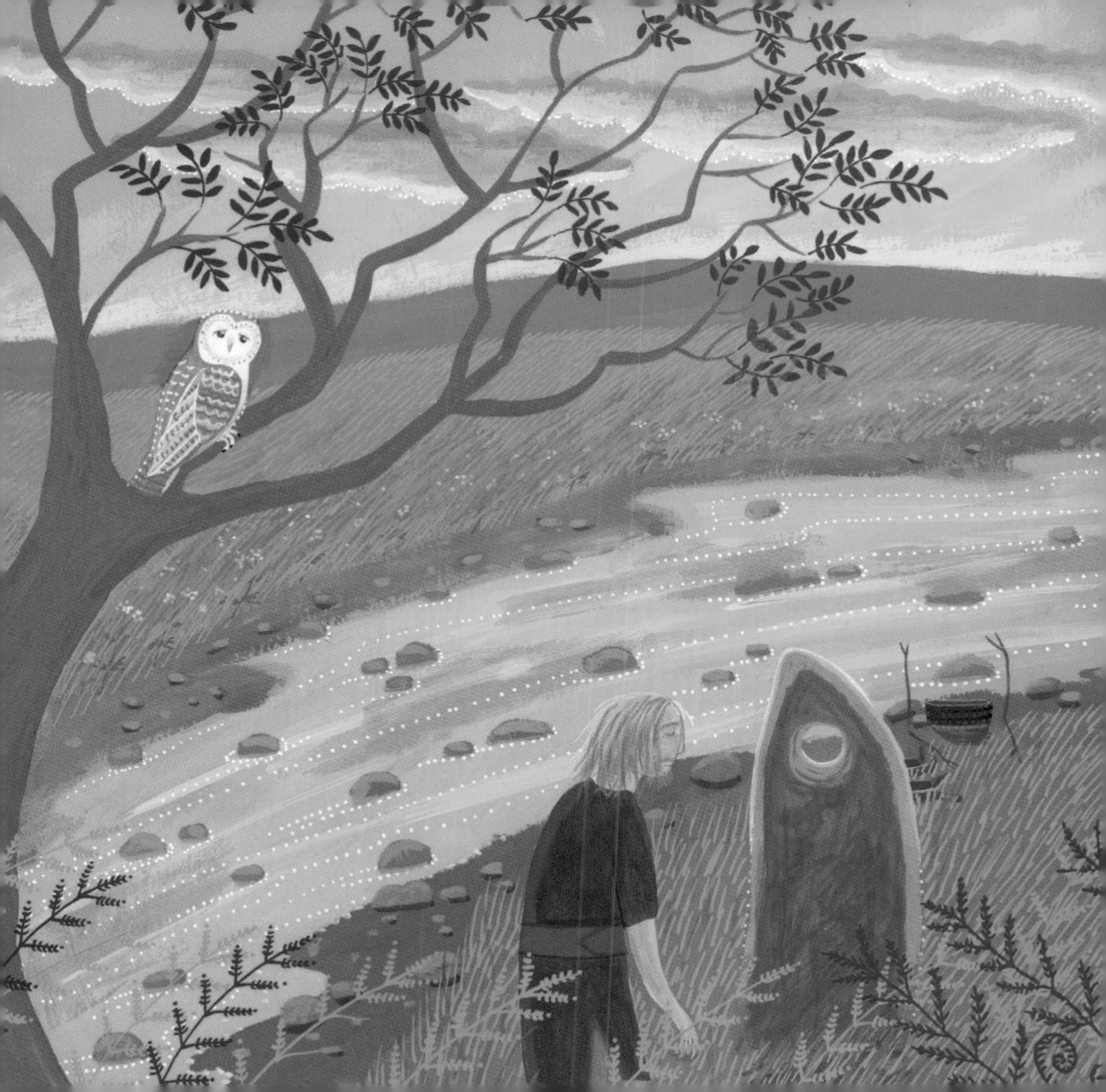

'Dim ond un peth,' oedd ateb Lleu. 'Dwi am i ti sefyll ar lan afon Cynfael yn yr union fan lle sefais i, pan daflest ti'r waywffon ata i.'

Doedd gan Gronw ddim dewis ond derbyn. Aeth i sefyll ar lan afon Cynfael, yn yr union fan lle safodd Lleu. Ond cyn hynny, rhoddodd Gronw garreg enfawr ar lan yr afon a chuddio y tu ôl iddi.

Safodd Lleu ar y bryn gyferbyn a hyrddio'r waywffon.

Clywodd Gronw Pebr si'r waywffon, ac yna chlywodd o ddim mwy. Roedd y waywffon wedi torri drwy'r garreg enfawr ac wedi'i ladd yn farw gelain.

Wrth i Gronw syrthio i'r llawr, sgrechiodd tylluan yn y coed. Trodd Gwydion a gwenu'n drist ar Math fab Mathonwy.

'Pethau peryg ydy blodau,' meddai.